PRIME PAGINE

Le storie contenute in questa raccolta sono state precedentemente pubblicate in singoli volumi: *Gaia, Luca e l'uccellino*, *Le Olimpiadi nella palude*, *La vacanza dei collilunghi*, *Filippo e Gelsomina*, *Milla, Molli e Lalla*, *Celestino*, *Celestino e la scimmietta*, *Giovanna va al mare*, *Celestino va al circo*, *Filippo e Gelsomina in gita al lago*.

ISBN 978-88-6714-640-6

www.edizioniel.com

LE PIÚ BELLE STORIE SOTTO IL SOLE

Sandro Barbalarga, Raffaella Bolaffio,
Donatella Chiarenza, Anna Curti,
Febe Sillani, Silvia Vignale

EMME EDIZIONI

INDICE

CELESTINO

Febe Sillani

CELESTINO ESCE DI CASA
PRESTO.

CELESTINO VA A GIOCARE
CON I SUOI AMICI.

I SUOI AMICI SONO POLDO
IPPOPOTAMO, RITA GIRAFFA
E VITO TIGROTTO.

TUTTI INSIEME VANNO AL
FIUME A FARE UN GIRETTO.

«GUARDATE, UN UOVO»,
DICE CELESTINO INDICANDO
TRA LE FOGLIE,
«DEVE ESSERE CADUTO
DA QUEL NIDO».

NEL NIDO C'È LA SIGNORA COCORITA.

IL SUO UOVO È GIALLO E ROSA, ED È MOLTO BELLO.

«FORSE È ROTOLATO GIÚ DALLA MONTAGNA», DICE VITO TIGROTTO, «SARÀ L'UOVO DELL'AQUILA ALIDA».

CELESTINO E I SUOI AMICI SALGONO SU PER IL SENTIERO.

L'AQUILA ALIDA STA
INSEGNANDO A VOLARE
AI SUOI AQUILOTTI.

È MEGLIO NON DISTURBARE.

L'UOVO NON È SUO.

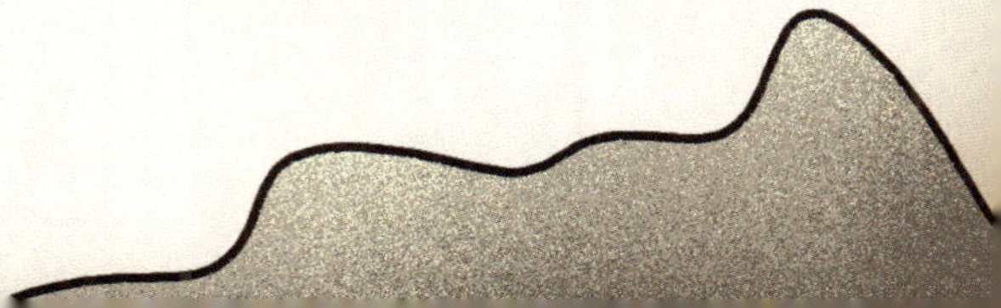

CELESTINO E I SUOI AMICI
VANNO DALLO STRUZZO.

LO STRUZZO COVA UN
GROSSO UOVO BIANCO.

«QUELL'UOVO NON È MIO»,
DICE LO STRUZZO.

POLDO IPPOPOTAMO È STANCO E HA UN PO' DI FAME: «MAGARI POTREMMO FARCI UNA FRITTATINA...» DICE.

MA... L'UOVO SI STA APRENDO!

FORSE POLDO IPPOPOTAMO LO HA STRETTO TROPPO FORTE!

COSA SUCCEDERÀ ADESSO?

DALL'UOVO ESCE UN
PICCOLO COCCODRILLO.

«MAMMA!» GRIDA
IL PICCOLO COCCODRILLO
A CELESTINO.

PER FORTUNA ARRIVA
LA SIGNORA CAMILLA
COCCODRILLA.

«ECCO IL MIO PICCOLO! NON
RIUSCIVO PIÚ A TROVARE
IL MIO UOVO!»

IL PICCOLO COCCODRILLO
SI ADDORMENTA VICINO
ALLA SUA MAMMA.

CELESTINO E I SUOI AMICI,
ORA, POSSONO FARE
MERENDA.

CELESTINO E LA SCIMMIETTA

Febe Sillani

CELESTINO FA UN GIRETTO
NELLA GIUNGLA CON
I SUOI AMICI.

«GUARDATE»,
DICE CELESTINO.

DIETRO UN ALBERO
LA SCIMMIETTA ZANZA
PIANGE DISPERATA.

ZANZA HA PAURA DI SALIRE
SUGLI ALBERI COME FANNO
LE ALTRE SCIMMIE.

ZANZA PIANGE SEMPRE PIÚ FORTE.

«NON TI PREOCCUPARE, TI AIUTIAMO NOI», DICE VITO TIGROTTO.

RITA GIRAFFA PREPARA
UN'ALTALENA CON LE LIANE.

ORA ZANZA HA SMESSO
DI PIANGERE.

«AIUTO! FATEMI SCENDERE!»
GRIDA ZANZA SPAVENTATA.

POLDO IPPOPOTAMO L'HA
SPINTA TROPPO FORTE!

CELESTINO METTE ZANZA SU UN RAMO BASSO.

«COSÍ TI ABITUI A STARE SUGLI ALBERI», DICE CELESTINO.

ALL'IMPROVVISO UN LEONE SALTA FUORI DA UN CESPUGLIO.

«SCAPPIAMO!» GRIDANO TUTTI.

AL LEONE PIACE MOLTO FARE PAURA AGLI ALTRI ANIMALI.

POLDO IPPOPOTAMO DICE: «ERA MEGLIO RESTARE A CASA!»

MA COSA SUCCEDE?

DALL'ALTO DI UNA PALMA
ZANZA TIRA LE NOCI DI
COCCO IN TESTA
AL LEONE!

IL LEONE SCAPPA VIA
CON UN GRAN MAL DI TESTA.

TUTTI GRIDANO: «BRAVA,
ZANZA!»

ADESSO ZANZA NON HA
PIÚ PAURA DI SALIRE SUGLI
ALBERI.

SALTA FELICE DA UN RAMO
ALL'ALTRO E SALUTA
I SUOI AMICI.

CELESTINO VA AL CIRCO

Febe Sillani

OGGI È UN GIORNO SPECIALE.

È ARRIVATO IL CIRCO!

CIRCUS

CELESTINO E I SUOI AMICI SONO MOLTO CURIOSI.

NON HANNO MAI VISTO UN CIRCO.

È IL CIRCO DELLO ZIO OSCAR.

LO ZIO OSCAR FA ENTRARE CELESTINO E I SUOI AMICI NEL TENDONE.

LO ZIO OSCAR ANNUNCIA:
«LO SPETTACOLO INIZIA!»

CHE EMOZIONE!

I TOPI ACROBATI FANNO
UN NUMERO MOLTO
PERICOLOSO.

ARRIVANO I PAGLIACCI PING
E PONG.

I PAGLIACCI SONO BUFFI
E FANNO RIDERE.

ORA LA PORCELLINA ELGA METTE LA TESTA NELLA BOCCA DEL LEONE!

ELGA È UNA DOMATRICE MOLTO CORAGGIOSA.

ECCO LA TOPINA VIOLETTA
CON I SUOI PAPPAGALLI.

VIOLETTA LI METTE IN FILA
CON MOLTA PAZIENZA.

MA... COSA SUCCEDE?

LA PORTA DELLA GABBIA È CHIUSA MALE.

TUTTI I PAPPAGALLI SCAPPANO FUORI!

CELESTINO HA UN'IDEA.

CELESTINO PRENDE I POPCORN DI POLDO IPPOPOTAMO.

VITO TIGROTTO PORTA
I POPCORN NELLA GABBIA.

I PAPPAGALLI VOLANO
DENTRO A MANGIARE.

SVELTA, RITA
GIRAFFA
CHIUDE
LA PORTA.

LO ZIO OSCAR DICE:
«SIETE STATI BRAVISSIMI!»
E REGALA A TUTTI UN SACCO
DI POPCORN.

GAIA, LUCA E L'UCCELLINO

Anna Curti

GAIA E LUCA
SONO IN MONTAGNA.

GAIA HA PORTATO
LA SUA BAMBOLA.

LUCA HA PORTATO
IL SUO ORSETTO TOM.

IL CAGNOLINO OTTO
È CON LORO.

GAIA, LUCA E OTTO
VANNO A VEDERE
LE MUCCHE.

GAIA E LUCA
SENTONO
UN CINGUETTIO
TRA L'ERBA:
È UN UCCELLINO.

L’UCCELLINO
È PICCOLO PICCOLO.

L’UCCELLINO
È CADUTO DAL NIDO.

GAIA E LUCA
PORTANO VIA
L'UCCELLINO.

GAIA E LUCA
SENTONO CHIAMARE
DAL CIELO:
È MAMMA CARDELLINO.

GAIA E LUCA
POSANO L'UCCELLINO
TRA L'ERBA
E ASPETTANO.

GAIA, LUCA E OTTO
SI NASCONDONO
PER NON FARSI VEDERE.

GAIA, LUCA E OTTO
SONO FELICI.

L'UCCELLINO
HA IMPARATO
A VOLARE!

LE OLIMPIADI NELLA PALUDE

Silvia Vignale

SILVANA È
UNA PICCOLA RANA.

SILVANA ABITA
NELLA PALUDE.

LA RANA SILVANA SALTA
TUTTO IL GIORNO NEI PRATI.

IL RAGNO GIANCARLO DICE:
«SEI PROPRIO IN GAMBA».

GIANCARLO
ALLENA SILVANA
PER LE OLIMPIADI
DELLA PALUDE.

GIANCARLO DICE:
«PROVA A PRENDERMI!»

TRA POCO INIZIANO
LE GARE.

TUTTI I CONCORRENTI
SONO PRONTI.

IL BRUCO GINO
È BRAVISSIMO
AGLI ANELLI.

LA TARTARUGA VALENTINA
SA LANCIARE IL PESO
MOLTO LONTANO.

LA COCCINELLA PENSA:
«FORZA VALENTINA!»

IL CONIGLIO MARCELLO
VINCE LA CORSA A OSTACOLI.

GIANCARLO GRIDA:
«BRAVO MARCELLO!»

LA PAPERA ALBERTA
È UNA CAMPIONESSA
DI NUOTO.

ALBERTA STA SEMPRE
NELL'ACQUA DELLO STAGNO.

LE API FANNO LA STAFFETTA
TRA I FIORI DEL PRATO.

MENTRE VOLANO
LE API FANNO ZZZZZZ...

GUARDATE:
NESSUNO SALTA IN ALTO
COME LA RANA SILVANA!

GIANCARLO GRIDA:
«EVVIVA!»

È IL MOMENTO
DELLA PREMIAZIONE.

SILVANA VINCE
UNA BELLA COPPA.

SILVANA È CONTENTA.

SILVANA INVITA TUTTI A CENA
PER FESTEGGIARE.

SILVANA È ANCHE UN'OTTIMA CUOCA.

GIOVANNA VA AL MARE

Sandro Barbalarga

LA SCUOLA È FINITA.

OGGI GIOVANNA VA
IN VACANZA AL MARE.

SCUO

PER ANDARE AL MARE
GIOVANNA PREPARA:
IL SECCHIELLO,
LA PALETTA,
IL COSTUME DA BAGNO,
IL SALVAGENTE,
LA MASCHERA
E LE PINNE.

FINALMENTE SI PARTE!

GIOVANNA, IL PAPÀ
E LA MAMMA SALGONO
IN AUTO.

C'È ANCHE POLDO,
IL PAPPAGALLO DI GIOVANNA.

DURANTE IL VIAGGIO
GIOVANNA HA FAME:
È L'ORA DELLA MERENDA!

GIOVANNA MANGIA UN
PANINO E BEVE L'ARANCIATA.

NEL PRATO CI SONO TANTE
FORMICHINE.

ANCHE LORO VOGLIONO
FARE MERENDA.

INTORNO A GIOVANNA
VOLANO TANTI UCCELLINI.

GIOVANNA FA UNA BELLA
CORSA CON LORO.

ANCHE GIOVANNA VUOLE
VOLARE, MA NON CI RIESCE.

GIOVANNA VEDE UN UCCELLINO IN UN NIDO.

«SAI VOLARE?» GLI CHIEDE.

«NO, SONO ANCORA TROPPO PICCOLO», RISPONDE L'UCCELLINO.

«ALLORA SEI COME ME: ANCH'IO SONO TROPPO PICCOLA PER VOLARE», DICE GIOVANNA.

FINALMENTE GIOVANNA
ARRIVA SULLA SPIAGGIA.

IL MARE È BELLISSIMO.

L'ACQUA È CALMA
E AZZURRA.

SARÀ ANCHE CALDA?

PER SCOPRIRLO, GIOVANNA
CORRE A BAGNARSI.

SÍ, È TIEPIDA.

«MA CHI SCALDA L'ACQUA DEL MARE?» SI CHIEDE GIOVANNA.

«SONO IO», DICE IL SOLE.

GIOVANNA E IL SOLE
DIVENTANO AMICI.

SALGONO SU UNA BARCA
PER FARE UN GIRETTO.

NELL'ACQUA DEL MARE
CI SONO TANTI PESCIOLINI
COLORATI.

TRA LE ONDE, GIOVANNA
E IL SOLE VEDONO
UNA BALENA.

LA BALENA SI CHIAMA
MARINA.

MARINA FA GLI SPRUZZI
CON L'ACQUA.

IL SOLE E GIOVANNA SI
RIPOSANO SULLA SPIAGGIA.

BEVONO UN SUCCO
DI FRUTTA.

È STATA UNA BELLA GIORNATA.

ORA, PERÒ, IL SOLE DEVE ANDARE A DORMIRE.

ANCHE GIOVANNA VA A LETTO.

«BUONANOTTE, SOLE, DOMANI GIOCHIAMO ANCORA», DICE GIOVANNA.

FILIPPO E GELSOMINA

Raffaella Bolaffio

FILIPPO VIVE IN UNA
GRANDE FATTORIA.

A FILIPPO PIACE
PASCOLARE NEI PRATI
E MANGIARE L'ERBA.

FILIPPO È UN CAVALLO
MOLTO DISTRATTO:
INCIAMPA SEMPRE.

TUTTI GLI ANIMALI
RIDONO DI LUI.

A FILIPPO PIACE MOLTO
SALTARE I RECINTI,
MA SPESSO CADE.

QUANDO CADE,
FILIPPO DIVENTA TRISTE.

QUALCHE VOLTA FILIPPO
FA FINTA DI NIENTE,
MA ANCHE I PASSEROTTI
SANNO CHE È CADUTO
DI NUOVO.

OGGI ALLA FATTORIA
È ARRIVATA LA CAVALLA
GELSOMINA.

FILIPPO VUOLE
DIVENTARE SUO AMICO.

FILIPPO SCIVOLA
NEL FANGO E
SPORCA GELSOMINA.

GELSOMINA
SI ARRABBIA MOLTO.

FILIPPO VUOLE
FARSI PERDONARE,
MA GELSOMINA È ANCORA
MOLTO OFFESA.

FILIPPO DECIDE DI
DIVENTARE PIÚ ATTENTO.

SI ISCRIVE ALLA SCUOLA
DI CAVALLERIA
DEL SIGNOR TASSO.

FILIPPO VUOLE IMPARARE
TANTE COSE NUOVE.

FILIPPO IMPARA PRESTO
A SALTARE FOSSI E RECINTI.

IMPARA A CAMMINARE
SENZA INCIAMPARE
E A ESSERE EDUCATO.

FILIPPO VUOLE FARE
UN REGALO A GELSOMINA.

IL SIGNOR TASSO INSEGNA
A FILIPPO COME FARE
BELLISSIME COLLANE.

FILIPPO RITORNA ALLA
FATTORIA, E REGALA
A GELSOMINA LA COLLANA
DI CAROTE.

GELSOMINA È FELICE
E PERDONA FILIPPO.

«BRAVO FILIPPO,
TI MERITI UN BACIO!»
DICE GELSOMINA.

FILIPPO E GELSOMINA IN GITA AL LAGO

Raffaella Bolaffio

ALLA FATTORIA SPLENDE
IL SOLE.

FILIPPO, GELSOMINA E
I LORO AMICI DECIDONO DI
FARE UNA GITA AL LAGO.

GELSOMINA PRENDE GLI
ASCIUGAMANI, IL MAIALE
GUGLIELMO PORTA LA

MERENDA E LA GALLINA
LUCREZIA TIENE
L'OMBRELLONE.

FILIPPO DIMENTICA IL SALVAGENTE.

FILIPPO È MOLTO DISTRATTO: HA ANCHE DIMENTICATO CHE NON SA NUOTARE!

IL LAGO È VICINO, MA LA GALLINA LUCREZIA VUOLE FARSI PORTARE.

FINALMENTE ARRIVANO.

SOTTO IL SOLE, IL LAGO BRILLA COME L'ARGENTO.

FILIPPO HA VOGLIA DI NUOTARE.

MA DOV'È IL SALVAGENTE?

POVERO FILIPPO, ORA COME FARÀ?

«BENE! COSÍ IMPARERAI A NUOTARE», DICE GELSOMINA.

FILIPPO HA MOLTA PAURA.

LUCREZIA E GUGLIELMO
NUOTANO.

GELSOMINA ASPETTA
FILIPPO.

FILIPPO ENTRA IN ACQUA
PIANO PIANO.

«TIENI IN ALTO LA TESTA, MUOVI LE ZAMPE, AGITA LA CODA!» DICONO GLI AMICI.

FILIPPO È IN DIFFICOLTÀ.

PER FORTUNA C'È
GELSOMINA...

TUTTO È PIÚ FACILE, SE UN
AMICO TI AIUTA.

FILIPPO È UN CAVALLO
MOLTO FORTUNATO.

FINALMENTE FILIPPO IMPARA A NUOTARE.

FILIPPO E I SUOI AMICI
SONO MOLTO CONTENTI.

È ORA DI MANGIARE E DI RIPOSARSI!

CAROTE FRESCHE IN RIVA

AL LAGO ACCANTO A
GELSOMINA...

FILIPPO È FELICE.

LA VACANZA DEI COLLILUNGHI

Donatella Chiarenza

LE GIRAFFE VIVONO
TUTTO L'ANNO
NEL PAESE DI
COLLILUNGHI.

QUEST'ANNO RAFFA, RAFFO,
TEA, BEO E DEA
HANNO DECISO DI ANDARE
AL MARE.

LE GIRAFFE HANNO SCELTO
LUGHETTA COME LUOGO
DI VACANZA.

LUGHETTA È UN BEL
PAESINO SULLA COSTA.

LE GIRAFFE SI METTONO
IL SALVAGENTE.

POI SI TUFFANO IN ACQUA
E NUOTANO FELICI.

DOPO IL BAGNO, RAFFO
SI STENDE SULL'AMACA
E BEVE UNA BIBITA FRESCA.

RAFFA VA A FARE UN GIRO
IN CANOTTO.

«CHE BELLO!» DICE BEO
SPINTO DAL VENTO.

DEA SI STENDE
SULLA SABBIA
E SI ADDORMENTA.

DOPO UN PO' LA PELLE
DI DEA È TUTTA COPERTA
DI MACCHIE ROSSE.

È PROPRIO UNA BELLA
SCOTTATURA!

BEO, ALLORA,
VA IN FARMACIA
A COMPERARE LA CREMA
PER LE SCOTTATURE.

farmacia

È L'ORA DELLA MERENDA.

RAFFO PORTA SULLA SPIAGGIA L'OMBRELLONE, E TEA PORTA DUE SEDIE A SDRAIO.

TUTTI MANGIANO
UN GHIACCIOLO, OGNUNO
DI GUSTO DIVERSO.

EVVIVA LE VACANZE!

MILLA, MOLLI E LALLA

Raffaella Bolaffio

MILLA, MOLLI E LALLA VIVONO IN UNA GRANDE FATTORIA.

MILLA È UNA MUCCA, MOLLI È UNA PECORA E LALLA È UNA CAPRETTA.

SONO MOLTO AMICHE, MA NON SONO FELICI.

IL SIGNOR LUPO,
PADRONE DELLA
FATTORIA, PRENDE
IL LORO LATTE E
LO VENDE.

IL SIGNOR LUPO È
UN GRAN PREPOTENTE.

MILLA, MOLLI E LALLA SONO
MOLTO ARRABBIATE.

MILLA, MOLLI E LALLA
DECIDONO DI FUGGIRE.

INSIEME PREPARANO UN
PIANO PER SCAPPARE
DALLA FATTORIA.

SENZA FARSI VEDERE DAL SIGNOR LUPO, LE TRE AMICHE CORRONO VERSO IL BOSCO.

QUANDO SI ACCORGE DELLA FUGA, IL SIGNOR LUPO SI ARRABBIA MOLTISSIMO.

«PRESTO, IL SIGNOR LUPO CI STA INSEGUENDO!» GRIDA LALLA. «DOBBIAMO CORRERE PIÚ VELOCI!»

PER SFUGGIRE AL
SIGNOR LUPO, MILLA,
MOLLI E LALLA SI
NASCONDONO TRA I RAMI
DI UN GRANDE ALBERO.

IL SIGNOR LUPO È SEMPRE
PIÚ ARRABBIATO!

POI MILLA, MOLLI E LALLA SI NASCONDONO ZITTE ZITTE DIETRO UN MURETTO.

IL SIGNOR LUPO NON LE VEDE.

«PRESTO, IN QUEL POZZO...» SUGGERISCE MOLLI. «IL SIGNOR LUPO NON CI TROVERÀ!»

POI MILLA, MOLLI E LALLA
SI NASCONDONO IN UNA
GROTTA.

«CI RINUNCIO!» DICE
IL SIGNOR LUPO. «TORNO
ALLA FATTORIA!»

«EVVIVA, SIAMO LIBERE!»
GRIDANO FELICI MILLA,
MOLLI E LALLA.

MILLA, MOLLI E LALLA,
STANCHE, SI RIPOSANO
SUL PRATO.

FINALMENTE POSSONO
REALIZZARE IL LORO SOGNO!

MILLA, MOLLI E LALLA
APRONO UN NEGOZIO DI
FORMAGGI NEL BOSCO.

ORA LE TRE AMICHE SONO
MOLTO CONTENTE!

... E ADESSO GIOCHIAMO

TRA QUESTI DUE DISEGNI
CI SONO SEI DIFFERENZE.

PROVA A TROVARLE!

AIUTA FILIPPO, GELSOMINA
E I LORO AMICI A
RAGGIUNGERE IL LAGO.

TROVA LE 5 UOVA NASCOSTE IN QUESTO DISEGNO!

UNISCI I PUNTINI DA 1 A 14
E SCOPRIRAI QUAL È IL

CIBO PREFERITO DELLA
SCIMMIETTA ZANZA.

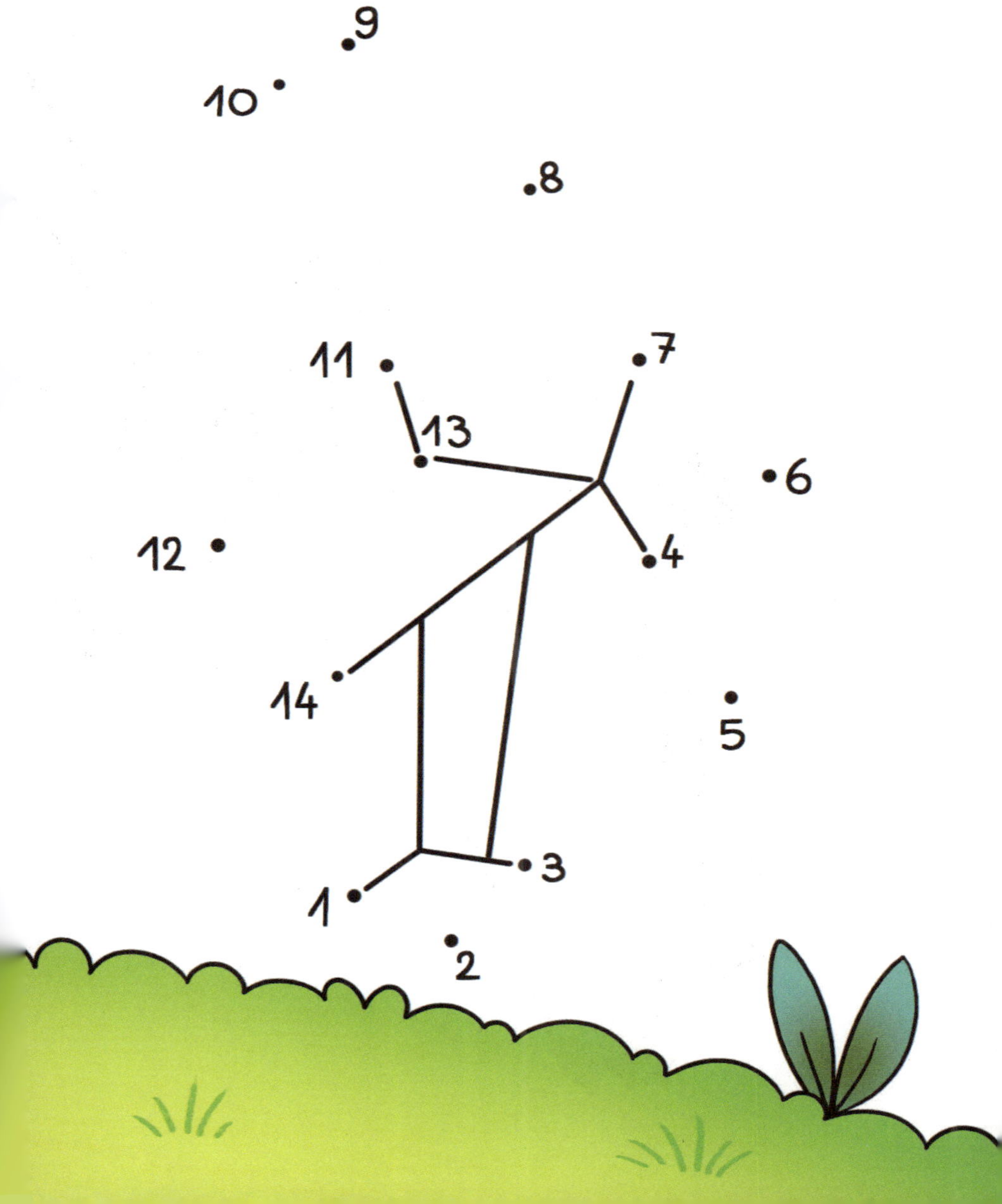

AIUTA LA PORCELLINA ELGA
A FAR SALTARE IL LEONE
ATTRAVERSO IL CERCHIO
DI FUOCO.

CON UNA MATITA, CERCHIA
GLI OGGETTI CHE
TI SERVONO AL MARE.

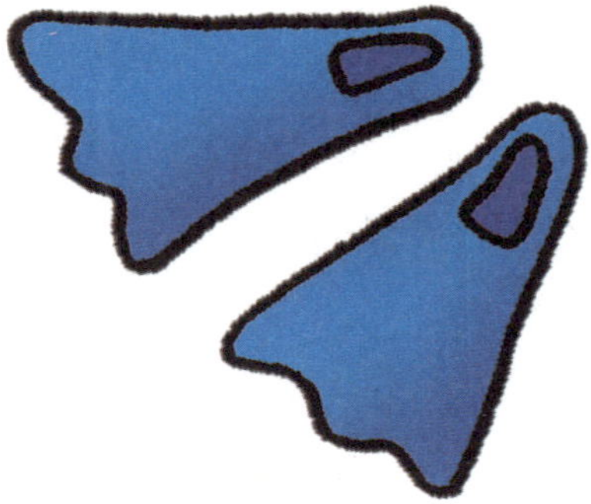

RISOLVI IL CRUCIVERBA.

ORIZZONTALI:

2. 

4. 

6. 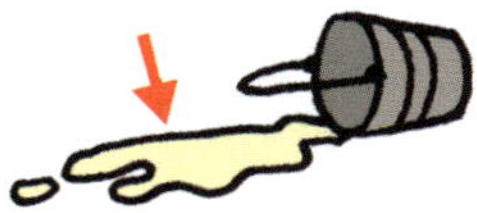

7. 

9. 

10. 

VERTICALI:

1. 

2. 

3. 

5. 

8. 

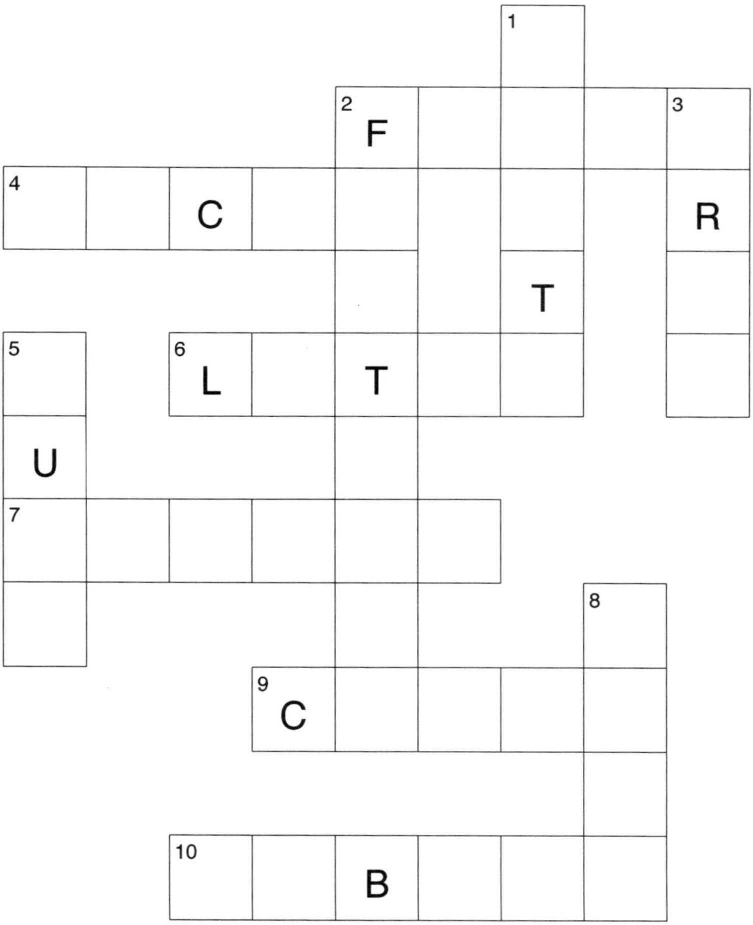
1
2
F
3
4
C
R
T
5
6
L
T
U
7
8
9
C
10
B

Finito di stampare nel mese di febbraio 2017
per conto delle Edizioni **EL**
presso G. Canale & C. S.p.A., Borgaro Torinese (To)